U0102237

给孩子们讲故事，讲好听的故事，是大人的责任，也是一种幸福。

无论内容是关于凡人还是神仙，天空还是海洋，孩子们入迷了，我们也会陶醉其中。

世界是广阔的，想象力是不会穷尽的，爱是不可或缺的，我们深信，也希望孩子们和我们一样。

咪咪噜外滩迷失记
Mimilu Waitan Mishi Ji

出 品 人：柳　漾
编辑总监：周　英
项目主管：石诗瑶
责任编辑：陈诗艺
助理编辑：石诗瑶
责任美编：邓　莉
责任技编：李春林

图书在版编目（CIP）数据

咪咪噜外滩迷失记／黄石著绘. 一桂林：广西师范大学出版社，2017.12
（魔法象. 图画书王国）
ISBN 978-7-5598-0347-4

Ⅰ. ①咪… Ⅱ. ①黄… Ⅲ. ①儿童故事 – 图画故事 – 中国 – 当代 Ⅳ. ① I287.8

中国版本图书馆 CIP 数据核字（2017）第 238930 号

广西师范大学出版社出版发行
（广西桂林市中华路 22 号 邮政编码：541001）
网址：http://www.bbtpress.com
出版人：张艺兵
全国新华书店经销
北京盛通印刷股份有限公司印刷
（北京经济技术开发区经海三路 18 号 邮政编码：100176）
开本：787 mm × 1 092 mm 1/12
印张：$4\frac{4}{12}$ 字数：40 千字
2017 年 12 月第 1 版 2017 年 12 月第 1 次印刷
定价：49. 80 元

咪咪噜外滩迷失记

黄 石／著·绘

GUANGXI NORMAL UNIVERSITY PRESS
广西师范大学出版社
·桂林·

鲜花散发着香气，咪咪噜觉得
自己是客厅的小主人。

每天晚上的钢琴课，是咪咪噜的音乐会。

咪咪噜没有出过门，它喜欢看着树影发呆。

有一天，它溜了出去。

它沿着复兴西路走啊走啊……
然后，来到了外滩。

"哦，原来它不会动。"

"在高处，可以看得更远。"

地毯好软，从大门口一直铺到了顶楼。

这里真热闹，但谁也没留意到
这只白色的小猫。

"他们在干什么？"

"呀，一只猫咪！"

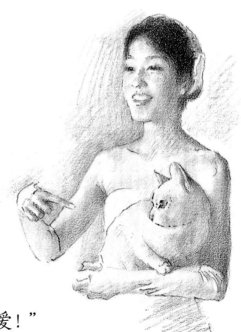

"瞧，它多可爱！"

"我们一起拍照，好不好？"

"谢谢你。我要回家喽！"

"啦啦啦，啦啦啦……"

"爸爸快看，上面有只猫！"

"哪有什么猫啊，走吧！"

咪咪噜有点儿累了，

也有点儿饿了。

天色渐渐暗了。

"你是新来的吧？外滩所有的流浪猫我都认识，没见过你呀！"

"吃吧，孩子，多吃点儿。"

"我要去巡夜了，跟我来吗？"

"这是银行金库，我看了四十年。"

"太阳又升起来了。不能陪你了，小家伙。"

"小家伙，不许捣乱。"

"哦，亮了。"

"我是管灯的。灯不亮，就得去检查。"

"今晚你负责开灯吧。按这个最大的按钮。

10、9、8、7、6……"

从那以后，每个晚上，他们
都一起给外滩开灯。

又过了一些日子……

"家找到了……"

咪咪噜回到了复兴西路的家。

人们好像忘记了它曾经离开过这里。

咪咪噜和以前一样，只是它会经常爬上屋顶，朝外滩的方向张望，什么时候再和叔叔一起点亮外滩的灯。

周 海／摄

很多年以前，我是个公共汽车售票员。一天很多次经过外滩，日复一日看那些大楼，可我毫无倦意。大钟要响了，第一缕晨光出现，巨石堆砌的墙面由玫瑰色转为橙色。有时，雾气浓郁，大楼影影绰绰……宏伟繁复的细节沉默不语，又那样骄傲自在。后来，我去过世界上很多大城市，才知道，在众多姐妹中，外滩绝对是俊俏的，它出类拔萃、无与伦比，是上海之所以成为上海的物化标志。

我一直想用某种方式表达我对外滩的敬意。一次偶然，孔明珠的宠物咪咪噜离家出走，朋友们一起关注这只法国种纯白猫从走失到回家的过程。因此，就有了猫咪在外滩流浪的构思。煌煌巨厦中出现一个柔弱的小生命，它邂逅与外滩息息相关而又容易被忽视的人，相互间传递最简单的理解和爱。

对我来说，创作图画书像一场游戏。图画书是能够保持艺术家个人特质的艺术形式，在电子影像时代旁出一支，与世无争。完成这场游戏，我用了两年。

咪咪噜原型是我的宝贝，半岁时曾两次离家出走。黄石使它的足迹踏上美丽的外滩，遇见帅哥、美女、老伯伯……事实上，小可怜失踪的四天里，它都在我们公寓楼内打转，可见高超的艺术必是想象力飞扬的，与真实藕断丝连。

——孔明珠

黄石画画很久了，我在 20 世纪 70 年代目击他画出一幅幅素描、水彩、水粉、油画作品,精彩纷呈。我们偷偷欣赏列维坦的森林，欣赏逆光中特卡契夫兄弟的"小玻璃棍"和柯·巴巴的"酱油调子"等，非常快乐。以他的功力画猫画狗自然不在话下。他有点儿懒，诸君拍拍手鼓励他一下，真还不知会出什么好东西！

——陈村

在今天什么都讲求实际的氛围里,我们已经失去了天真。无论成年人还是孩子，情感变得僵硬，生活变得无趣。《咪咪噜外滩迷失记》呼唤我们用单纯的眼睛，带上柔情和想象力来观察世界。黄石用彩色铅笔编造了一个属于上海的故事，那些被我们忽略的、人和流浪小动物的交流瞬间，在外滩的背景里生动而有趣。作者还让我们看到外滩不同视角的美，感受他对这个城市的细心体会和留恋。

——尔冬强